# Schmutztitel

Hallo Leute, bitte vergebt mir die Rechtschreib- und Grammatik- Fehler in meinen Texte wenn vorhanden. Ich bin in meine Kindheit Englischsprachig aufgewachsen. Obwohl ich das erste Mal als 10 jährige Deutsch gelernt hatte in der American Elementary School in Gießen Deutschland, war die deutsche Rechtschreibung und Grammatik nie meine Stärke gewesen. Ich habe auch vor 2021/2022 noch nie Bücher geschrieben oder sonst etwas für andere Leute nur für mich, abgesehen von meinen Lebenslauf. Auch der Teil einen anderen Geschichte war nur meinen Part in einen Rollen Spiel sonst nichts. Daher, danke und trotzdem viel Spaß beim Lesen. Ihr, B. E. Wasner

B. E. WASNER

KÖNNEN TRÄUME WAHR WERDEN?

ZWEI ROMANE IN EINEM BUCH. DIE UNTER-
SCHIEDLICHER NICHT SEIN KÖNNTEN!

Roman Nr. 1:

MEINE ABENTEUERN AUF DIE MS LUCKY CHARM
– ODER GEHBEHINDERTEN FRAU GEWINNT
BEIM PREISAUSSCHREIBEN EINE 4 WÖCHIGE
MITTELMEER KREUZFAHRT!

Roman Nr. 2:

MEINE BEGEGNUNG MIT DIE HOHE PRIESTERIN
HELENA & WAS SICH DARAUS ERGIBT - ODER
LIEBE AUF DEN ERSTEN BLICK!

FANTASIE-ROMAN

# Impressum

Bibliografische Information der Deutschen Nationalbibliothek:

Die Deutsche Nationalbibliothek verzeichnet diese Publikation in der Deutschen Nationalbibliografie; detaillierte bibliografische Daten sind im Internet über http://dnb.dnb.de abrufbar.

Herstellung und Verlag: BoD – Books on Demand, Norderstedt

ISBN: 978-3-7562-3592-6

## DANKSAGUNG AN EIN TOLLES TEAM ZEIT VIE-LEN JAHREN!

An ein tolles Team der wunderbaren Buchhänd-lerinnen die mir nicht nur seit vielen Jahren ge-holfen haben viele gute Büchern zu erhalten, sondern auch gesagt haben wo ich mit meinen Geschichten hin gehen könnte!

# INHALTSVERZEICHNIS

Kurze Beschreibung:

Es geht um: Freundschaft; Vertrauen; Liebe &
die Beziehung zwischen zwei unterschiedliche
Frauen und den Auseinandersetzungen des All-
täglichen Lebens auch wenn die Sexualität in
Hintergrund steht; Begegnungen mit alltäglichen
Problemen. Die Berührung mit Behinderten
Menschen & die damit verbundene Hilfsbereit-
schaft.

Roman # 1

Meine Abenteuern auf der Kreuzfahrtschiff MS Lucky Charm.

## KAPITAL EINS

Meine Abenteuer auf den Kreuzfahrtschiff MS Lucky Charm begannen mit viel Glück! Ich hatte bei einem Preisausschreiben eine Mittelmeer-kreuzfahrt gewonnen. Für vier wochen! Und dass trotz meiner Gehbehinderung. Mir wurde von der Reederei gesagt dass ich Unterstützung für die Dinge bekomme, bei denen ich Hilfe benötige, wenn sie es früh genug wissen. Alles lief gut mein Arzt erlaubte mir zu gehen. Ich hatte mei-ne Medikamenten und Medikamentenplan, Aus-landskrankenschein und Krankenkasse Karte,

Impfpass & Impfungen, auch Tetanus Auffrischung, Gesundheitszeugnis, Reisepass etc. Handy plus Ladekabel, Elektr. Rollstuhl und Ladegerät, Laptop mit Zubehör, und was sonst noch auf die Liste stand. Der Anreisetag war ein Chaos Tag. Ankommen und Einchecken waren ok und dann ging es los. Mein Elektr. Rollstuhl war weg! Einfach weg, unauffindbar! Wie vom Erdboden verschluckt. Dann musste ein Koch mit akutem Blinddarm Entzündung ins Krankenhaus eingeliefert werden. Der zweite Koch hatte einen Unfall als er sein Haus verließ er stürzte und brach sich den Arm. Da wir schnell Ersatz brauchten wurde uns ein kurzer Landgang angeboten aber wir wurden so schnell an Bord zurückgerufen, dass man mich fast vergessen hätten, es hieß das Schiff habe ja Verspätung aber trotzdem müssten wir wieder an Bord. Chefstewardess Marion bemerkte plötzlich dass ich nicht bei der Gruppe war, weil ich nicht so schnell nach gekommen war. Irgendjemanden hatte nicht nur uns allen unser Handgepäck weggenommen sondern auch meinen Elektr. Rollstuhl, daher kam ich leider nicht mit. Obwohl ich gehbehindert bin und auf den Rollstuhl angewiesen war er verschwunden. Chefstewardess Marion hat dann auf mich gewartet und ist mit mir zurück zum Schiff. Da erinnerte sie sich, dass die Reederei gesagt hatte, es ist eine gehbehinderte Frau an Bord und dass sie von Zeit zu Zeit bei einigen Dingen Hilfe braucht. Aber auch dass sie ihren Elektr. Rollstuhl dabei hat, weil sie darauf angewiesen ist, besonders bei langen Ausflügen damit niemand ihren normalen Rollstuhl schieben musste. Marion war damals nicht bewusst dass ich es bin da ich auch noch laufen konnte wenn auch nur sehr langsam. Stewardess Tanja Marions rechte Hand hatte als Entschädigung für die verspätete Abreise einen spontanen Kiosk Verkauf herbeigezaubert, und war grade dabei diesen aufzubauen. Als wir wieder an Bord kamen. Da ging es mir auf einmal nicht so gut und ich sagte: das ich auf die Toilette muss bitte Marion brachte mich dorthin und ich fragte ob sie bitte warten könnte? Damit ich mich nicht verlaufe ich hatte Angst den weg zu verlieren auf dem Schiff. Sie sagte ja klar und nahm auch kurz mein Walk-

man und Zubehör ja freunde ich habe noch sowas 'lach'. Da habe ich ihr gesagt, dass es mir
bei manchen Dingen nicht leicht fällt um Hilfe
zu bitten, z. B. beim Duschen oder Baden erst
recht nicht, weil ich in gewisser Weise nicht wie
die meisten Frauen bin. Marion wusste sofort
was ich meinte und fühlte sich geehrt dass ich
zu ihr so viel Vertrauen habe, um das von Anfang an zu sagen. Ich weiß ja auch nicht, warum
ich das gemacht habe. Meine innere Stimme
sagte mir ich sollte es ihr sagen es könnte für
spätere Hilfen richtig sein.

Uns wurde gesagt dass alles Gepäck einbehal-
ten werden muss Handtaschen und Rucksäcke
einfach alles, einschließlich mein Elektr. Rollstuhl. Auch wenn das mit den Rollstuhl doof

war. Als wir den Saal betraten kam uns Tanja mit kleinen Plastiktüten entgegen. Da rief Marion sie zu sich als sie das sah, weil ich da fast meinen Walkman und die anderen Sachen verloren habe die ich hielt. Tanja kam zu uns herüber. Tanja hatte schon den halben Tisch mit Keksen und anderen Süßigkeiten, Obst und Salzstangen für (gesunde) Menschen vorbereitet. Da es sehr heiß war gab es keine Schokolade oder Milchprodukte, aber Getränke für alle. Mineralwasser, Eistee, Cola mit und ohne Zucker in den kleinen Automaten PET-Flaschen. Und Säfte auch. ABER: Nichts mit Alkohol! Auf dem anderen Teil des Tisches sollten die gleichen Leckereien für Diabetiker eben aufgebaut werden. Beide Gruppen sollten auch Obst zu es-

sen bekommen. Die Bereiche waren durch etwas Platz und Tischdecken getrennt. Ich wurde
gefragt was ich wollte dann nachdem mein Name auf einer Kopie der Passagierliste abgehakt
war sagte Marion zu Tanja das sie mich bitte zu
meinen Platz bringen sollte, es war fast ganz
vorne ein paar Leute hatten Platz gemacht als
sie sahen das ich nicht gut laufen könnte. Nur
dieser Liste zeigte nicht an dass ich behindert
bin oder dass ich die Gewinnerin des Preisaus-
schreibens bin. Tanja wollte mir meine Tasche
geben aber ich sagte nein das wäre unfair wenn
ich meine Tasche schon hätte nur weil ich hier
vorne stehe, bevor die anderen überhaupt wissen was da ist. Mit dieser Liste wurden auch
nach Diabetiker, „Ja" oder „Nein" gefragt, damit

die Leute wissen, ob sie zu Marion oder Tanja gehen müssen. Mein Name stand auf meiner Tasche und sie wanderte vorerst in den Korb. Als Tanja mit mir zum Tisch ging erzählte Marion die Wartenden was sie und Tanja vorhatten und das es in ein paar Minuten losgehen würde. Alle außer den Kindern waren jetzt in den großen Saal gekommen. Die Kinder hatten ihr eigenes Programm mit Kinderbetreuung. Als ich mit Tanja zu meinen Platz ging fragte ich ganz leise wie das gehen soll. Nur zwei Stewardessen, die an zwei Tischen stehen fragen was die Leute wollen und trotzdem einpacken die Getränke suchen und auch noch abkassieren? Es war nicht umsonst. Ihr seid doch keine Tintenfische! Es mussten zwei andere Personen da sein, ein Person noch bei Marion und ein Person noch bei dir. Noch besser wäre es, wenn vier Personen da wären zwei mehr für die Getränke auch. Und wenn noch ein Vorschlag erlaubt ist würde ich die beiden Tische mit den Getränken teilen, die eine Linie zeichnen. Es gibt diesen Papppaletten oder was auch immer auf denen die Cola-Dosen, Fanta usw. stehen wenn sie im Regal in Laden sind oder wenn man alle Dosen auf einmal kaufen. Einer ist rot und der andere orange. Stellt man zwei oder vier davon hin hat man die Trennung und erstmals ca. 96 PET-Flaschen zur Hand. Das Wasser ist für alle gleich. Plötzlich war Tanja sehr blass und als sie sah dass drei Helfern bei Marion waren sagte sie laut, dass sie bitte dort bleiben sollten. Sie sagten was ist mit unseren Gruppenleiter? Lass das meine Sorge sein sagte Marion. Dann kannst du es ihm gleich sagen er kommt gerade und Markus ist bei ihm. Nicht nur das dachten Marion & Tanja denn sie hatten auch etwas anderes gesehen. Tanja hatte Marion gerade von meinen Bedenken erzählt. Der Aushilfskoch wollte wissen, wo die Helfer seien die drei jungen Leute die im Gegensatz zu ihm fest zum MS Lucky Charm Crew gehören in dir Ausbildung als Springer unterwegs waren wo Not am Mann ist, wie hierin die Küche. Marion sagte den Aushilfskoch das die drei jungen Leute werden genau da bleiben wo sie sind nämlich bei ihr und Markus auch plus die Kartons. Der Hilfskoch sagte eben er glaube nicht dass die Helfer bleiben würden als der Kapitän und der Chefsteward dazu kam. Der Hilfskoch sagte gerade noch einmal dass er die vier jungen Leute mitnehmen wollte als der Kapitän fragte, ob es irgendwelche Probleme gebe? Tanja hat ihn kommen sehen und hatte ihn gerade erzählt was los war und was sie und Marion vorhatten und dass einer der Gäste ganz leise gesagt hatte dass zwei Leute das alleine nicht schaffen können sie brauchen noch einige Helfer die jetzt hier sind Skip. Marion sagte, wenn ich diese vier Leute nicht haben kann hole ich einige andere Helfer. Ich bin Aushilfskoch Periér Jackés Periése und was gibt dir das Recht mir meine Leute wegzunehmen? Marion hatte kein Namensschild an, die Nadel zum Anstecken war kaputt gegangen, sie hatte noch keinen Ersatz. Der ganze Saal hielt den Atem an. Jeder hatte gehört, wie er zu Chefstewardess Marion einfach „geduzt" hatte! Und "dir" auch noch gesagt hat. Ich werde mich beschweren, sagte er. Der Kapitän fragte bei wem er sich beschweren wollte. Periése sagte beim Chefstewardess und ich rief: BINGO!! Dann sagte er gerade eben halt beim Chefsteward ich rief Bullseye!! Verdammt na dann eben bei den Kapitän sagte er verärgert! Von mir kam ein dreifaches Bingo dreifaches Bullseye und Jackpot!!! Der ganze Saal lachte jetzt und der Kapitän fragte: Wer ist diese Frau? Tanja sagte sehr leise dieselbe Frau die uns wegen des Kiosk Verkaufs gerettet hat. Nachdem es in den Saal endlich ruhiger geworden ist sagte Markus zum Hilfskoch: "Sie haben gerade unseren Chefstewar-dess Marion im Beisein des Kapitäns und des Chefstewards beleidigt indem Sie einfach „Du" zu ihr gesagt hast, unfreundlich und unhöflich warst." Ich frage mich ob Herr Periése von Anfang an hier an Bord war als Aushilfsspringer und nur darauf gewartet hatte dass etwas passiert? Ob der Hilfskoch etwas mit der Unfall eine der Köche zu tun hat? Ich mag ihn nicht. Er ist mir zu unsympathisch und beängstigend. Hat er auch etwas mit dem Gepäck zu tun? Damit ihn niemand fotografieren kann oder ich ihn nicht mit meinen Rollstuhl verfolgen kann? Der Hilfskoch war wieder weg ohne die vier jungen Leute die halfen Tanja grade beim Verkauf.

## KAPITAL ZWEI

Marion sagte gerade den Kapitän dass sie mich vorhin fast verloren hätte. Mein Elektr. Rollstuhl wurde mir weggenommen. So etwas geht gar nicht weiß man gar nicht wo er gerade ist? Das hatte der Kapitän gefragt. Nein sagte Marion. Der Kapitän ließ mich nach vorne kommen und fragte ist das nicht die Gewinnerin vom Preis-ausschreiben, die gehbehindert ist? Die teilwei-ße Hilfe benötigt dann und wann z. B. bei der Pflege, oder nicht? Marion sagte ich glaube schon das war mir vorher nicht bewusst. Es war ihr schon bewusst seit wir auf der Weg zum Saal waren das ich jemanden war der Hilfe dann und wann braucht aber nicht dass ich auch die Con-test Siegerin sein könnte. Sie sagte aber nichts davon sie sagte nur ich kümmere mich darum und um Sie.

Steffen sagte Marion zum Chefsteward, ihr Handgepäck und das von alle anderen Gästen auch wurde denen weg genommen die Diabetiker brauchen ihre Medikamente und Sie auch. Steffen sagte ich hole sie und sorge dafür dass jeder seine Sachen bekommt. Nachdem ich nach vorne kam sagte ich, leise dass ich noch mal auf die Toilette muss Tanja ging dieses Mal mit mir nur habe ich Sie nicht das gesagt was ich Marion erzählt hatte. Tanja hatte gehört was der Kapitän wegen der Pflege gesagt hatte. Der Kapitän hatte noch einiges mit der Crew besprochen bevor ich mit Tanja zurückkam. Als Tanja und ich zurückkamen stand Markus da mit einem Rollstuhl für mich aus der Schiffs-krankenstation. Niemand hatte überhaupt be-merkt dass Markus weg war. Es stellte sich auch heraus, dass der Hilfskoch nicht wollte dass je-mand ein Handy oder Kamera hat damit es kei-ne Bildern von ihm gibt da der Hilfskoch ein von Interpol gesuchter Betrüger ist. Er wurde mit ei-ner Eskorte abgeführt und bis zum Eintreffen der Polizei eingesperrt. Der Kapitän half derweil bei der Verteilung der Kioskartikeln er hatte auch entschieden dass alles kostenlos ist die Leute die bereits bezahlt hatten bekamen ihr Geld zurück. Aber dann kam das Problem auf, dass es jetzt wegen der Essensplanung sehr eng in der Küche werden kann. Dann fragte mich plötzlich der Kapitän was ich gerne essen wurde und ich sagte: Pfannkuchen mit Puderzucker und heiße Kirschen und vielleicht noch Eiscreme, da gab ich die Frage zurück und der Kapitän sagte: Eisbein mit Kraut, da ergab sich ein Art Spiel zwischen den Kapitän und mir, so kamen viele Essensvorschläge zusammen. Die Küche war mit drei fehlenden Köche weit hinter den Zeitplan zurück also fragte die Gewinnerin des Kreuzfahrtpreisausschreibens, warum man keine kalte Platten mache mit Rohkostsalate mit Würstchen und die Diabetiker zwischen Mahlzeiten nicht vergessen. Das wurde gerne und sofort angenommen. Da man vor lauter Aufregung wegen den Hilfskoch und der Ausfall von die anderen beiden Köche fast den zwischen Mahlzeit vergessen hätten also stellten sie Obst, Honig, Milch und Müsli für allen hin. Der Kapitän und der Chefkoch waren von meinen Vorschlägen so begeistert, dass sie mich zum Gast koch machten. Nach ein paar Minuten aber holten sie mich aber wieder aus der Küche raus und haben mich beauftragt, bei der Speisekarte Planung für alle Gäste mitzuhelfen, zusammen mit Marion ihrer kleinen Schwester Inga, die Köchin in der Diätküche ist, zusammen mit ihrer Nichte Mary, die Köchin in der Vegetarischen und Veganer Küche ist. Aber zum Glück haben wir nur wenige Veganer an Bord. Leider musste ich schon wieder einmal auf die Toilette vor Aufregung, es war so schlimm dieses Mal, dass ich mich fast nicht schnell genug ausziehen könnte; nur mit Hilfe von Marion hat es im letzten Moment geklappt und dann machte es bei uns gleichzeitig „Peng," aber ich sagte nicht jetzt und nicht hier, obwohl es mir auch sehr schwer fiel nein zu sagen. Marion hielt mich in den Armen und küsste mich und ich habe es auch zugelassen. Aber wir waren noch in dem Frauen Umkleidebereich der Küche. Marions Schwester Inga kam gerade in den Moment herein und ich hätte Sterben können es war mir so peinlich sie hat uns beiden nur gratuliert und gesagt das hier ist aber trotzdem nicht der richtige Ort für sowas dann nahm sie mich aber doch ganz kurz in den Arm. Sowohl der Chefarzt als auch der Chefkoch rieten mir dazu mich etwas auszuruhen, nachdem ich in den letzten 1,5 Stunden drei Mal auf der Toilette gegangen bin.

Der Chefarzt sagte, ich sollte später vorbei-
kommen er würde mir etwas gegen die Blasen
Probleme geben. Es wurde leider nichts daraus,
weil wir das Schiff verlassen mussten. Erstens
weil es Probleme mit der Stromversorgung und
ein kleinen Brand gab. Dann gab es auch noch
einige giftige Tiere in den Obstlieferungen. Ich
hatte endlich meinen elektrischen Rollstuhl kurz
vor dem Brand zurück bekommen. Marion hat
mich bei sich einquartiert, also benutzten Marion und ich den anderen Rollstuhl für unsere Gepäck als wir das Schiff verließen, damit die Tier-
pflegern und Gesundheitsbeamten nach mehr
von diesen Tieren suchen konnten. Da ist auf
einmal wieder irgendwo auf der MS Lucky
Charm ein Feuer ausgebrochen es wurde nie-

manden Verletzt aber die Lucky Charm war nicht mehr Einsatzfähig. Wir würden für einige Tage in einem Hotel und Ferienresort der Reederei untergebracht. In dem Moment vorhin als Marion sagte sie würde sich um mich kümmern machte der Kapitän Tanja zum Chefstewardess auf Probe er und Marion wollte das schon lange als Test machen Marion sagte sie sei fast bereit für die Beförderung. Wenn sie diese schwere Situation jetzt gut bewältigt ist das besser als jeder erfundene Test denn Marion ist nicht immer für sie da, weil sie für mich da ist. Tanja hat uns zum größten Bungalow den es gab gebracht. Es gab einen Schlafzimmer mit Toilette und Badewanne, denn bekamen Marion und ich. Dann gab es noch ein Schlafzimmer mit Toilette und

Dusche, einen Gästetoilette, und noch einen Toilette mit Dusche. Es gab auch mehr Schlafzimmern und eine Gästezimmer. Das Schlafzimmer mit Dusche und die anderen Zimmern teilten Mary, Inga und Tanja unter sich auf und der Gästezimmer war auch noch da. Dann habe ich auch endlich was gegen mein Blassen Problem bekommen.

## KAPITAL DREI

Hier die Essensvorschläge für die Reise ja es gab jetzt mehr davon: von deftiger Hausmannskost bis zu gut Bürgerlich. Von Apfelstrudel und Kaiserschmarrn über Asiatisch-Indisch bis hin zum Orient und Fernost! Einfach rund um die Welt!

Bunter Basmati Reis mit Paprika und Radieschen würfeln und Kräutern, dazu Schnitzel pur, und für den Vegetarier Gemüse oder Tofu-Bürger. Weitere Speisevorschläge sind: Rheinischer Sauerbraten mit Rosinen, Schweinshaxe mit Sauerkraut, Pizza, Eier-Omelette, Eier- und Kartoffelpuffer, Rühr- oder Spiegeleier mit Spinat und Kartoffeln, Paella mit Meeresfrüchten oder Hähnchen stücken, Hühnerfrikassee, Sojaprodukte, Pommes mit Würstchen, Salami, Roh- und Kochschinken, sowie viele Käsesorten, Fisch, Eintöpfe, Alle Arten von Nudeln und Pasta, gefülltes Gemüse, Nudeln mit Hachfleischbällchen, Hackbraten, Maultaschen, Hackfleisch-Lauch-Creme-Suppe, Eier in Senfsauce auf Vorbestellung. Gefüllte Champignons auch auf Vorbestellung. Und Kohl aller Art. Grünkohl mit Mettenden, Frühlingsrollen, Apfelrotkraut, Knödel und Sauerkraut mit Rippchen. Eisbein. Griechischer Salat. Oliven schwarz und grün, Obstsalate, rohes Gemüse und andere Salate. Apfelstrudel mit Puderzucker und Eis, Kaiserschmarrn, Waffeln mit heißem Obst und Schlagsahne oder herzhafte Waffeln, Kalte Hund, Kuchen ohne Backen wie Fanta-Kuchen. Blechkuchen aller Art, Pudding und Joghurt, Quarkspeisen, Reis, kalte Speisen und vieles mehr.

Ich sagte ja die Essens Reise geht rund um die Welt, von Europa über Asien & Indien. Dann den Orient und Fernost bis nach Amerika. Eben einmal um die Welt. Meine Essensvorschläge kamen alle gut an und wurden sehr bald umgesetzt.

Das Ersatzschiff traf nach wenigen Tagen ein, das Schwesterschiff der MS Lucky Charm nämlich die Lucky Charm II. Es ist etwas größer als das erste Schiff, und hat nur ein Notbesatzung an Bord, da unsere Crew auch noch da ist, außer der Küchencrew, sie ist fast vollzählig da bei uns drei Köche fehlen. Nach ein paar Tagen konnten wir unsere Reise problemlos fortsetzen, die Vorräte würden aufgestockte passend zum Speiseplan von mir. Der Kapitän der MS Lucky Charm II und seinen Crew waren für das Schiff zuständig der Kapitän und seine Crew von der Lucky Charm I war für das Veranstaltungsprogramm und die Betreuung die Passagieren zuständig.

Marion war nach wie vor für mich da. Alle Crewmitglieder von beiden Schiffen arbeiten Hand in Hand mit einander überall auf dem Schiff. Ich hatte versucht meine Freundin und ihre Familie auf das Schiff zu bringen so dass sie mich pflegen könnte. Leider hat das nicht geklappt also kümmert sich Marion weiterhin um mich. Das geht ja auch ganz gut. Eine Person die auf der Lucky Charm II geblieben war ist eine Krankenschwester für mich. Aber Chefstewardess Marion sagte zu der Krankenschwester auf die Frage hin ob sie sich jetzt um mich kümmern sollte nein danke wir sind uns in den letzten Tagen näher gekommen und haben uns angefreundet und das ich ihr vertraue. Marion erzählte die Krankenschwester das ich Probleme habe Leute zu Vertrauen teilweise wegen meine Behinderung. Ich hatte Angst dass Marion „ja" sagen würde und die Betreuung wieder abgeben. Die Krankenschwester sagte gut aber wenn Sie Fragen haben, können Sie jeder Zeit zu mir kommen ich bin ein Teil der Besatzung die Chefärzte von beiden Schiffen haben mich gefragt ob ich bitte bleiben könnte wegen den Diabetikern an Bord, und der gehbehinderten Frau. Danke dass Sie an Bord geblieben sind Schwester, sagte Marion.

Nun was soll ich sagen Marion und ich sind kein Paar fürs Leben geworden aber für diese Reise und ich habe viel gelernt und erlebt was sonst nicht möglich gewesen wäre. Es war eine großartige Zeit. Aber irgendwann geht jede Reise zu

Ende auch diese vier Wochen Trip mit An- und Abreise. Da sich aber so viel getan hat; hat die Reederei verlängert. Da fast alle Passagiere eine Reise in den Norden gebucht hatten da dieser Reise für viele auch Teil einer Weltreise sein sollte wurde die Rückreise nach Hamburg mit einer Überraschung für uns angehängt und versprochen die Reise in den Norden nachzuholen. Die Fahrkarten behalten ihre Gültigkeit bei. Die Reederei ermöglichte es mir auch für die Rückreise nach Hamburg an Bord zu bleiben. Sie hatten es für alle möglich gemacht ein paar Dinge in Hamburg zu sehen wie das Miniatur Wunderland oder den König der Löwen für manche Leute sogar beides. Sie haben sogar meine Rückfahrt nach Fulda und das Spezial Rollstuhltaxi von dort nach Hause bezahlt.

Marion und ich sind immer noch Freunde und bleiben in Kontakt. Tanja ist nun neben Marion die zweite Chefstewardess und die beiden sind mittlerweile ein glückliches Paar. Alles Gute für euch beiden. Grüße, Bunny.

ZUSATZ:

KAPITAL EINS

Marion und Tanja sind seit einiger Zeit wieder zusammen und planen kurz vor Weihnachten zu heiraten ich soll mit ihnen Weihnachten und Silvester/Neujahr verbringen. Das ist ja toll! Beide wollen dass ich Brautjungfer und Trauzeugin für Marion bin. Ich fühle mich so geehrt, dass sie mich wollen dass ich "JA" sagen muss! Die beiden wollen mir meine Fahrkarte bezahlen damit ich mit meinem Elektr. Rollstuhl zu ihnen kommen kann. Sie wollen auch einen Sonderbus mieten in den ich einfahren kann, sie mieten ihn für die ganze Zeit in der ich bei ihnen bin samt dem Busfahrer.

Tanja und Marion waren zusammen gewesen bevor ich an Bord der "MS Lucky Charm I kam nach den Gewinn des vier wöchigen Kreuzfahrtwettbewerbs. Die beiden hatten zu diesem Zeitpunkt einen privaten Tiefpunkt als Paar, sie drohten für immer sich zu trennen. So sagten sie: „Wir brauchen eine Auszeit vom Privatleben, arbeiten aber trotzdem gemeinsam auf dem Schiff." Sie hatten keine Probleme damit Privatleben und Arbeit zu trennen. Dann tauchte ich als Gewinnerin des Wettbewerbs auf und dieser Aushilfskoch tauchte auch auf.

In der kurzen Zeit in der Marion mich auf dem Schiff betreute hatten sie und Tanja Zeit wieder zu sich selbst zu finden. Marion hatte ihren Job als Chefstewardess vorübergehend aufgegeben um mir zu helfen und sich um mich zu kümmern. In dieser Zeit stellten Marion und der Kapitän Tanja als Chefstewardess auf Probe ein um zu sehen ob sie mit all dem fertig werden konnte und sahen wie gut sie ihren Job machte. Bisher kannte Tanja den Job nur an der Seite von Marion, also nur aus zweiter Hand. Jetzt musste sie das alles alleine bewältigen. Natürlich war der Chefsteward auch noch da, den sie bei Bedarf um Hilfe bitten könnte. Er hat seinen Dienstplan so geändert, dass er und Tanja gleichzeitig und zusammen arbeiten konnten. Ich weiß nicht ob Tanja jemals herausgefunden hat, dass Marion den Chefsteward gebeten hatte das zu tun und der Kapitän hatte auch gesagt: "ja bitte tu das und behalte Tanja im Auge und Hilfe ihr wenn nötig." Auch der Chefsteward war der Meinung, Tanja ist fast soweit für den nächsten Schritt. Außerdem war Marion auch noch da aber nicht mehr so oft, weil sie sich um mich gekümmert hat. Tanja konnte aber immer noch Marion Fragen stellen wenn sie nicht sicher war.

Marion brachte mich in ihre Kabine unter, weil sie groß war und sie eine Badewanne mit Dusche hatte, damit sie mir die ganze Zeit helfen konnte ohne dass sie durch das halbe Schiff gehen musste. Später hat Tanja dafür gesorgt, dass Marion auch auf der MS Lucky Charm II das machen konnte aus dem gleichen Grund damit sie mir die ganze Zeit helfen konnte.

Tanja machte ihren Job als zweite Chefstewardess auf Probe so gut, dass der Kapitän sie zur zweiten Chefstewardess machte bevor wir auf die MS Lucky Charm II gingen, aber er sagte es niemandem an diesen Tag. Ein paar Wochen nachdem wir alle wieder zu Hause waren erzählte er allen davon. Die Überraschung als Dankeschön war gelungen.

## KAPITAL ZWEI:

Für die Gefangennahme des von INTERPOL gesuchten Betrügers, der sich gerne als Koch ausgibt, wurde eine sehr hohe Belohnung ausgesetzt. Die Besatzung der MS Lucky Charm I erhielt die Belohnung für die Entlarvung des Betrügers. Dank der Crew konnte er endlich verhaftet werden. Nur deshalb konnten Marion und Tanja mich nicht nur einladen und den Sonderbus mieten, sondern auch meinen Schiffsticket bezahlen. Sie brachten mich natürlich auch in ihre große Hochzeitskabine unter, damit die beiden sich um mich kümmern konnten; sie waren beide so dankbar, weil sie sagten ich hätte sie wieder zusammengebracht. Tanja fand heraus, dass Marions Job als Chefstewardess ein sehr schwerer Job ist und Marion fand heraus, dass es nicht so einfach ist jemandem zu helfen als sie einmal gedacht hatte. Man kann nicht einfach sagen- ok ich helfe dir- es muss auch Vertrauen zwischen der Person, die Hilfe bei den persönlichen Dingen, wie dem Baden benötigt und die Person die hilft oder zu helfen versucht. Vor allem, wenn eine dieser Personen behindert ist. Doch die gemeinsame Zeit mit mir hat beiden geholfen. Und diese Überraschung war ein Dankeschön für mich! Es war eine wundervolle Zeit mit den beiden. Ich freue mich sehr für sie. Für immer ein Freund von euch beiden. Bunny.

ENDE

Kurze Beschreibung:

Es geht um Respekt; Liebe und die Beziehung
zwischen zwei Frauen und die daraus resultie-
rende Zuneigung auch mit Sexualität im Hintergrund steht; Loyalität & Treue; Mut & Demut;
Freundschaft; Vertrauen; Gehorsam; Beschei-
denheit & Tapferkeit und Hilfsbereitschaft! Vor
allen aber der Umgang mit dem Alltag mit all
seinen guten und schlechten Zeiten quer durch
alle Altersgruppen, von der Kindheit bis ins Er-
wachsenenalter, vor allem mit manchen Dingen

die so klingen als könnten sie nicht wahr sein, weil sie so fantastisch sind wie aus einen schlechten Film und trotzdem könnte einiges davon wahr sein! Die Geschichte selbst ist Fantasie aber beurteilen Sie selbst was Fantasie ist und was wahr sein könnte.

Roman # 2:

## MEINE BEGEGNUNG MIT DER HOHE PRIESTE-RIN HELENA & WAS SICH DARAUS ERGIBT - ODER LIEBE AUF DEN ERSTEN BLICK!

## KAPITAL EINS

Es war kurz vor Weihnachten als wir uns begegnet sind. Meine Begegnung mit der Hoher Priesterin war kurz aber denkwürdig. Ich war auf einer Veranstaltung als das Chaos ausbrach. Sie war auch da. Die junge Frau neben mir war sehr schön und wurde schnell weggebracht. Als sie an mir vorbeiging, trafen sich unsere Blicke und es war Liebe auf den ersten Blick! Sie war so schnell weggebracht worden, dass ihre Handtasche und Jacke zurückgelassen worden waren. Ich schnappte sie mir und steckte sie in meinen Rucksack. Ich wusste dass ich dieser Frau finden musste egal wie oder wo. Ich habe in diesen Moment nicht an Sex mit dieser Frau gedacht sondern nur daran, dass ich sie liebe. (Ein paar Stunden später erfahre ich, dass sie Helena heißt.) Ich kannte ihren Namen vorher nicht. Nein ich wusste damals nicht einmal wer sie war aber ich habe mich in sie verliebt. Ich habe keine Ahnung, wo ich nach ihr suchen soll aber ich muss sie finden. Ich hatte auch ihre Tasche in meinen Rucksack gesteckt; (Aber habe ich daran gedacht in der Handtasche nach einen Ausweis zu suchen? Natürlich nicht!) Sie ließ die Tasche und Jacke liegen als das Chaos ausbrach. Ich möchte ihr die Sachen zurückgeben. Ich verließ den Saal direkt nach der Frau aber sie war weg. Ich konnte nur versuchen sicher und heil herauszukommen. Ich rannte gerade und als ich versuchte einen Falltreppenbrücke hochzuziehen um die Verfolgern etwas zu bremsen kamen zwei junge Männer auf mich zu und sagten bitte komm mit wir bringen dich in Sicherheit. Ein dritter junger Mann nahm meinen Rucksack und sagte: "ich kann die Sachen nicht finden Michael es ist alles weg als ob jemand sie weggenommen hätte." Ich wollte fragen was los sei aber es war keine Zeit da wir jetzt von der Chaoshalle und dem Veranstaltungsort weg mussten.

(Schade, das hätte viel Zeit und Nerven ge-
spart.)

Ich sah, wie Michael etwas zu einer Gruppe
von Männern und Frauen sagte die an einer
Seite standen und dann zu uns zurückkam die
Gruppe ging zurück zum Veranstaltungsort und
Michael sagte noch einmal keine Zeit für Fra-
gen, Unglücklicherweise.

Ich betrat den Vorraum eines großen Komple-
xes und wurde zu einer Feuerstelle in der Nähe
des Eingangs geführt, wo mir Tee angeboten
wurde. Michael und seine Leuten waren plötzlich weg. Dann nachdem ich den Tee getrun-
ken habe wurde ich gebeten meine Schuhe
auszuziehen und wenn ich nicht in Socken lau-

fen kann dann auch diesen. Sie nahmen auch meinen Rucksack mit sodass ich nicht sagen könnte, dass ich etwas darin hatte das nicht mir ist. Ich wurde zum zweiten Feuerstelle gebracht da wuschen sie mir meine Füße und gaben mir Sandalen und da war mir klar, dass ich in einem Tempel bin. Ich war in den Tempel eingeladen worden hatte man mir grade gesagt. Aber das bedeutet auch, dass ich eine Zeremonie nicht ablehnen kann wenn ich in den nächsten Raum des Tempels gehen möchte. Ein Reinigungsritual mit sehr präzisen Abläufen; Erstens war das der Tee der mir gegeben wurde. Zweitens dass sie mich vom Feuer weiter in den Raum hinein in die Nähe eines großen Wasserbeckens und mich bis auf meine Unterwäsche ausgezogen haben. Denn nicht nur ich muss sauber sein sondern auch meine Wäsche. Die drei Wächter die mich geführt hatten standen jetzt hinter und neben mir. Nachdem ich kurz in meiner Unterwäsche dagestanden bin wurden mir die Augen verbunden. Ich hatte eine Vermutung was mich erwarten würde aber ich war mir nicht ganz sicher. Ich wollte einfach abwarten was passiert. Dann stand wieder jemanden vor mir und zog mir sehr sanft meine Höschen und dann die Oberteile aus. Der offene BH da er von vorne geschlossen wird und mein T-Shirt. Ich hätte meine Arme sonst entweder nach hinten oder nach oben strecken müssen. Aber da ich ein T-Shirt unter dem BH trug wurden BH und T-Shirt

zusammen ausgezogen. Da meine Augen verbunden waren konnte ich nichts sehen aber
ich spürte wer auch immer diese Person ist,
„sie" oder „er" ist sehr vorsichtig und es war
sehr still im ganzen Raum man konnte eine
Stecknadel fallen hören. Meine Wäsche wurde
von jemandem weggenommen. Ich traute
mich nicht zu bewegen da ich Angst hatte zu
fallen aber ich spürte eine kühle Brise auf
meiner Haut. Nach einer gefühlten Ewigkeit
wurde mir die Augenbinde abgenommen und
ich fiel im selben Moment auf die Knie denn
vor mir stand in all ihrer nackten Schönheit die
Frau in den ich mich verliebt hatte! Die Frau
von der ich dachte ich müsste sie retten. Beim
fallen hauchte ich leise bist du eine Priesterin?

Jemand sagte sie sei nicht nur eine Priesterin sie sei unsere Hohe Priesterin. Es war nichts davon zu merken dass ich unter dem Sternzeichen Widder geboren wurde ich war mehr als Lammfromm. Und von dir wurde ich in den Tempel eingeladen? Ja sagte sie. Das übersteigt mein Denken. Ich senkte meinen Kopf und meine Augen nur noch tiefer und sagte: Herrin und Gebieterin was befiehlst du mir? Die Priesterin kam zu mir und kniete sich vor mir hin dann nahm sie meine Hände in ihre und sagte bitte steh auf aber ich konnte es nicht alleine ich hatte keine Kraft und sagte es. Die Priesterin zog mich mit Hilfe den Wächtern hoch und sah mich einige Augenblicke an. Du muss zu mir in das große Wasserbecken kommen um gebadet zu werden wie normal und danach ein rituelles Bad zur Reinigung der Seele. Deine Wäsche muss auch gereinigt werden wenn du heute Abend mit mir ins nächste Zimmer gehen willst.

Ich habe meine Wachen losgeschickt um dich zu finden sagte die Priesterin. Michael hat dich am Tor gesehen dadurch hat er dich so schnell finden konnte. Du hast mich suchen lassen hast du gesagt. Warum? Weil ich dich unbedingt wiedersehen wollte war die Antwort. Ich wollte dich auch wiedersehen sagte ich. Ich fürchte mich aber ich gehorche was du mir befiehlst. Du musst keine Angst haben ich bin die ganze Zeit bei dir. Komm schon steh jetzt auf versuche es bitte noch einmal wir helfen dich. Ich war wieder auf die Knien gefallen. Ja, bitte nimm meine Hände, ihr Griff war stahlhart, meiner auch. Schon gut sagte sie und nahm meine Hände fest in ihre dann erhob sie sich ganz langsam wieder vom Boden sie war ja wieder vor mir auf den Knien und zog mich sanft mit sich hoch. Die Wächter hielten mich auch ganz fest. Als die Priesterin sicher war, dass ich jetzt stand ließ sie mich los und trat ein paar Schritte zurück und sah mich noch-mals an wich ein wenig zur Seite und sagte: "bitte bringt sie zu mir ans Wasserbecken" und ging voraus. Sie war wunderschön! Ihr Körper war makellos.

Die Priesterin war bereits im Wasserbecken und half mir hinein, dann fing sie an mir bei der Vorbereitung für das Ritual zu helfen. Es war genau so wie ich es mir vorgestellt hatte. Zuerst hat mich meine Herrin für das Ritual (normal) gebadet dann war ich an der Reihe ein rituales Bad zur Reinigung der Seele zu kriegen und davor habe ich großer Angst. Ich habe versucht meine Panik zu kontrollieren weil ich Angst vor Männern habe wenn es um Sexualität geht. Um in den nächsten Raum zu kommen musst du das Ritual über dich ergehen lassen was mich schon wahnsinnig erschreckt. Der Gedanke an das was kommt versetzt mich in Panik. Sogar mit meiner Herrin neben mir denn baden und reinigen von innen und außen bedeutet dass ich mit den Männern baden muss oder besser gesagt sie baden uns beide und das macht mir am meisten Angst. Der Hohepriester ist nun auch in das Vorzimmer getreten. Die Hohepriesterin sagte ihrem Herrn und Meister, dass ich große Angst davor habe mit Männern baden zu müssen weil ich Angst vor der Sexualität mit ihnen habe, da ich dachte es hat etwas mit dem Ritual zu tun. (Ich sollte recht haben.) Er sagte er würde daran denken und dann begann das Ritual. Die drei Wächtern und unseren Meister ja ich habe ihn auch gesehen wie meinen Meister angefangen hat meine Herrin und mich zu baden. Zwei der Wächtern badeten meine Herrin eine der Wächtern und unseren Hohepriester badeten mich. Baden war mir klar reinigen heißt wir mussten ein Hexengebräu trinken das zum Erbrechen schmeckte aber wir mussten es trinken damit unsere Körper durchgespült werden konnten. Das machte mir höllische Angst aber mit meiner Gebieterin an meiner Seite mit ihrer endlosen Geduld half sie mir meine Angst und Panik zu überwinden und sogar Dinge zu tun von denen ich nie gewagt hatte. Ich hatte auch Angst wegen meiner Herrin weil ich nicht weiß ob sie weiß, dass ich mich in sie verliebt habe. Und ich weiß auch nicht ob sie sich in mich verliebt hatte. Empfinden wir beide dasselbe füreinander und kann es gut gehen?

## KAPITAL ZWEI

Der erste Teil des Rituals war vorbei der zweite Teil besagte dass ein Motiv von etwas auf unsere Hauttätowiert werden sollte um zu zeigen dass wir zusammengehören. Ich wurde gefragt was ich schön finde. Ich sagte Rosen. Vielleicht kann ich eine Knospe haben die sich gerade öffnet und meine Herrin hat eine Rose die sich bereits geöffnet hat weil sie in diesen Dingen erfahrener ist als ich. Die Anfangsbuchstaben unserer Namen sollten auch in den Rosen stehen da erfuhren sie, dass ich Berta heiße und mein Spitzname Bunny ist, das war auch der Moment als ich herausfand, dass der Name meiner Herrin Helena ist. Daher das "B" und das "H". Ich hatte Angst wollte aber nicht nein sagen, ich wollte Helena nicht enttäuschen.

Meine Gebieterin hatte irgendwann vor diesem Ereignis ein Baby verloren. Sie wollte sich ablenken indem sie zu der Veranstaltung ging. Jetzt konnte ich Helena endlich sagen dass ich ihre Handtasche und Jacke in meinem Rucksack habe ich wollte es sagen seit wir den Veranstaltungsort verlassen hatten aber es war keine Zeit gewesen es jemandem zu sagen. Sie hatte noch die Hormone in ihrem Körper die die Milchproduktion anregen. Nur der Himmel weiß warum. Ich denke dieses Ritual hat alles wiederbelebt denn plötzlich nachdem ich den ersten Teil des Rituals beendet hatte fing meine Herrin an zu krampfen und zu bluten ich schrie alle an und sofort rannten alle herum. Der Arzt brachte ihr zunächst etwas zu trinken eine Mischung aus Schmerz- und Beruhigungsmitteln und etwas gegen die starken Blutungen. Es konnte die Blutung nicht vollständig stoppen aber es könnte sie schwächer machen. Mit viel Überzeugungskraft und Geduld meinerseits trank sie es hinunter nachdem ich sagte dass die Mischung könnte nicht schlechter sein als das was wir beide beim Ritual trinken mussten. Ich nahm ein winziger schluck und hatte recht. Es stellte sich heraus, dass Helena immer noch ein Baby in ihrem Bauch hatte und nicht nur das eine das sie verloren hatte. Daraufhin taten die Ärzte alles um das Baby zu retten, und ich betete einfach drauf los was sehr wild war aber das war mir egal! „Die Frau sollte einfach am Leben bleiben bitte Gott! Bitte. Ich habe sie erst heute gefunden. Ich möchte sie so nicht verlieren ihre Familie braucht sie und ich brauche sie auch. Als ich sie sah war es Liebe auf den ersten Blick ich möchte sie kennenlernen mit ihr Eis essen gehen. Kaffee oder Tee trinken sogar ins Kino oder in den Park gehen oder vielleicht sogar Freunde werden? Sex war für mich in diesem Moment weit weit weg. Nicht einmal in meinen Gedanken.

Herr Gott Vater im Himmel du hast ihr heute schon ein Kind genommen dein Reich komme dein Wille geschehe im Himmel wie auf Erden. Vergebe mir meine Sünde dass ich mich in diese wunderschöne Frau verliebt habe da ich Wahnsinns Angst vor Männern habe. Bitte erlöse dieser Frau von ihren Qualen und lasse sie und das Kind am Leben; und gesund werden oder bleiben. Denn dein ist das Himmelreich, die Ehre, der Ruhm und die Gerechtigkeit für immer. Amen."

"Nur du Herr weißt ob Mutter und Kind leben oder sterben. Ich wünschte, sie würden beide am Leben bleiben aber wer bin ich, dass ich versuche so zu reden? Nur ein sechs jähriges Mädchen ein Kind das so krank war, dass sie es ins Sterbezimmer gesteckt haben, ein Mädchen, dass das Licht am Ende des Tunnels se-

hen kann sie ist fast da kann die Wärme spü-

ren und dann wird sie wieder in die Kälte ge-

zogen. In die dunkle Welt des Hier und Jetzt

zurückgebracht nur durch Gottes Gnade und

Barmherzigkeit denn die unendliche Liebe ei-

ner Mutter war stärker als der Tod. Das sechs

jährige Mädchen wurde wiedergeboren aber

nicht als das gesunde Mädchen das es einmal

war sondern als Kind, von Hals bis Fuß voll-

ständig gelähmt und blind. Sie war nur sieben

Wochen blind aber für den Rest ihres Lebens

gelähmt. Dieses Kind von damals das sich

jahrzehntelang gefragt hat warum ich? Nie

aufgehört zu kämpfen egal was passiert. Nicht

einmal nachdem ihr Vater ihr gesagt hatte,

wenn sie nicht anfangen würde, ihre rechte Hand wie ihre linke zu benutzen, würde er die Axt holen und ihr die rechte Hand abhacken, weil sie sie nicht brauchte wenn Sie sie nicht benutzte.

Es hatte lange gedauert bis sie eines Tages begriff, dass es um diesen Kampf ging. "Egal wie krank du bist, egal wie schlecht es dir geht es gibt immer jemanden dem es schlechter geht als dir"! Dieses demütige Kind von einst das heute nur durch deine barmherzige Gnade Herr hier Knien kann fleht um das Leben dieser Frau und ihres Kindes, oh Herr."

## KAPITAL DREI

Frau die als Kind wiedergeboren wurde bist du bereit dich um diese Frau und ihr Kind zu kümmern donnerte plötzlich eine mächtige Stimme durch den Vorraum! Es gab auch ein helles Licht. Ja, oh Herr das bin ich. Plötzlich stand ein Engel da, und sprach für unseren Vater im Himmel. Wiedergeborenes Kind, du bist nackt wie der Herr dich erschaffen hat die Frau um die du bittest ist es auch, aber warum ist die dritte Frau und die acht Männer die bei dir sind auch nackt? Großer Herr wir hatten gerade ein Reinigungsritual beendet als meine Herrin zusammenbrach. Ich musste dieses Ritual machen um weiter in den Tempel gehen zu dürfen. „Lieber Gott wenn ich einige demütige Wünsche frei hätte wäre einer davon, dass diese Frau und ihr Baby am Leben bleiben und dass die Frau sich erholt und so gesund bleibt wie zuvor und das niemand vom Anblick Ihres Engels geblendet wird oder durch deinen Anblick bitte Herr."

Schnelle Decken die wir meiner Herrin umlegen können und wir brauchen die Ledermacheten und Zügel wir müssen eine Art Halfter machen und das Kind auf den Körper der Mutter legen und festschnallen dann beides zudecken um sie warm zu halten. Gott bitte macht alles gut! Wiedergeborene Frau du bist mutig und demütig hast du irgendwelche Wünsche?

Wenn du meine Wünsche erfüllen könntest die ich bereits gesagt habe bitte Herr das ist mehr als genug für mich.

Bitte oh Herr lass die Leute im Raum die wissen was zu tun ist sich um das Baby kümmern und lass mich um die Mutter kümmern. Ihr ist so kalt, dass ich sie mit meinem Körper warm halten möchte. Frau die wiedergeboren wurde deine Wünsche werden erfüllt aber warum hast du deine Augen gesenkt und jetzt wurden dir die Augen verbunden? Herr es ist nicht mein Recht in dein heiliges Gesicht zu schauen. Es gab eine Zeit in der Sie zur Jungfrau Maria kamen und verkündeten dass sie Ihren Sohn Jesus Christus empfangen würde oder als Sie zu Noah und Moses oder zu den Hirten auf den Feldern kamen, um die Geburt des Jesuskindes anzukündigen. Damals hatten die Menschen eine ganz andere Einstellung zu dir Herr. Aber heute haben die Leute Angst vor dir. Als Kind war ich einmal blind ich will nicht wieder blind werden weil ich dein heiliges Antlitz gesehen habe.

Hat das Kind schon einen Namen fragte der Engel? Das glaube ich nicht; Herr die Priesterin wusste nicht einmal, dass sie noch ein Kind in ihren Bauch hatte da du ihr ein Kind früher am Tag genommen hast, sagte Medizinfrau Lucy traurig. Also hat niemand einen Namen. Ich hätte einen Namen sagte ich. Wie soll das

Kind heißen wurde ich gefragt. Angel sagte ich. Ja, das ist ein schöner Name, sagten allen. Dann schrie plötzlich meine Herrin und ich auf dann sahen wir beiden auf die Rosen, über die wir gerade gesprochen hatten, dass in unsere Haut gebrannt würde. Für mich die sich öffnenden Rosenknospen, in denen ein „H" steht und für Helena die Rose in voller Blüte in der ein „B" steht aber nicht gestochen als Tätowierung wie es die Tempelmenschen machen wollten sondern mit dem Brandzeichen des Herrn im Himmel. Medizinfrau hast du Ebersche? Ja, Herr. Dann behandele Sie bitte die Arme der beiden Frauen damit. Das Kind sollte auch die Buchstaben "B" & "H" bekommen. Beim allem Respekt Herr bitte nicht! Himmlischer Vater, das Kind ist jetzt schon sehr schwach sagte ich. Mit den Buchstaben 'B' & 'H' wird es bestimmt gehänselt du hast Brusthalter an den Armen und HB ist eine Zigarettenmarke also geh nicht gleich in die Luft greif lieber zu HB. Ich würde dem Kind nicht einmal die Rosen auf die Haut machen bitte Gott.

Nun dann nicht die Buchstaben, aber die Rosen ja. Als Geburtsmal wird die Knospe in die Mitte der Rose gesetzt die in voller Blüte steht. Herr, dein Wille geschehe. Ich sagte vielleicht könnte der Name des Kindes Angel-Linn sein und dann kann sie niemand wegen ihres Namens ärgern. Wie 'Engel' mit einem B davor gleich Bengel. Sie hat das nicht verdient bitte Gott.

## KAPITAL VIER

Endlich kamen wir in den Nebenraum und dann konnten Helena und ich uns auf einen Kunstrasen legen. Wir können uns endlich ausruhen da wir die Rosen bereits von Gott erhalten haben. Lucy hat Helenas Milch für das Baby abgepumpt und Helena und ich liegen zusammen auf einer Luftmatratze und versuchen uns aufzuwärmen. Wir sind jetzt zusammen, aber keiner von uns weiß, was kommen wird. Jetzt geht es nur noch darum wieder zu Kräften zu kommen und Gott zu danken dass wir am Leben sind. Wir können nur hoffen und beten, dass Angel-Linn, die Kraft zum Überleben findet. Danke Herr Gott für jeden Tag den du uns zum Leben gibst. Amen.

## KAPITAL FÜNF

Helena und ich haben uns jetzt aufgewärmt und wir fangen an uns kennenzulernen. Angel-Linn geht es ein wenig besser, in der Inkubation und mit vielen elektronischen Geräten verdrahtet. Lucy hat zusätzliche Fachleute hinzugezogen die sich mit Kinderbetreuung auskennen. Ein Nebenraum im Tempel wurde eigens für Angel-Linn zu einem Krankenzimmer umfunktioniert und gleich nebenan ist die Kinderbetreuung untergebracht. Helena und ich bleiben in der Nähe und können uns endlich wieder lachend anziehen. Aber nicht in der Straßenkleidung solange wir uns im Tempel aufhalten sondern nur in den weißen Gewändern des Tempels und der Unterwäsche. Ich habe einen neuen BH bekommen, der BH den ich vor dem Ritual getragen habe, ist schwarz also habe ich einen neuen weißen BH bekommen. Ich wollte den BH bezahlen, aber Lucy sagte nein das musst du nicht das ist ok. Es ist ein Geschenk für dich von Helena.

Ich wurde gefragt, welche Art von Tieren ich mag ich sagte Katzen und Pferde. Dann hat mir Helena erzählt, dass sie neben anderen Pferden auch englische & arabische Vollblüter in ihrem Stall hat und jetzt weiß ich warum Helena so einen harten Griff hat. Es ist wegen der Vollblüter!

Ich sagte zu Helena, dass ich auch einmal geritten bin. Reiten auf Rezept, Therapiereiten für eine Weile. Helena sagte, sie würde mich zu einem späteren Zeitpunkt zu den Ställen bringen wenn ich wollte. Wenn es ihr und mir besser geht. Wir haben gerade über die Kindheit gesprochen und Helena hat gefragt warum ich so viel Angst vor Männern habe und ob das mit der Axt wirklich stimmt. Ich sagte ich weiß nicht ob ich Angst vor Männern habe weil meine Mutter mich als sieben jährige aufgeklärt hatte wo die Babies herkommen und wie das geht sondern weil sie auch gesagt hatte Kind du musst aufpassen es gibt viele Männern die nur eins von dir wollen und zwar dir ein Kind machen und dann abhauen genau das hat ihren Vater gemacht er hat seine Frau sitzen lassen Lucy ist von ihren Großmutter erzogen worden und ja das mit der Axt war als ich ungefähr sieben Jahre alt war genauso wie als ich 17 war als mein Vater sagte ich sei eine Schlampe, eine Hure und eine Nutte und dass ich auch noch lesbisch sei weil ich kein Interesse an Jungen hätte. Andererseits sagte er: "Wehe dir, wenn du mit einem Kind im Bauch nach Hause kommst ich bring dich um!" Er meinte es ernst, genau wie er es mit der Axt tat! Als ich gerade 15 geworden war, hatte ich einen großen Verlust drei Wochen nach meinen 15.ten Geburtstag starb meine Mutter Lucy. Als ich 17 Jahre alt war, lebte ich bei meinen Vater und meiner Stiefmutter und meinen kleinen Bruder Kurt. Und ich wurde meiner Nationalität und meinem Wohnort entsprechend in den USA erst mit 21 Jahren volljährig. Ein paar Jahre später gab mir mein Vater die Schuld am Tod meiner Mutter: „Wenn du damals mit sechs Jahren gestorben wärst, würde deine Mutter heute noch leben!"

Ich brach zusammen, nachdem ich diese Geschichte erzählt hatte. Dann nahm mich Helena in ihre Arme und hielt mich eine Weile fest. Dann erzählte mir Helena, dass sie auch noch sehr klein war als ihre Mutter und Vater bei einem Autounfall ums Leben kam. Wir hielten uns in den Armen und weinten uns die Augen aus, bis wir keine Tränen mehr hatten. Nach einer Weile ging es uns beiden besser wir lagen Arm in Arm im Bett nebeneinander in unserem Zimmer, bis wir einschliefen. Als wir aufwachten, waren wir so verschwitzt, dass wir ein Bad nehmen mussten um einen kühlen Kopf und einen sauberen Körper zu bekommen. Um runterzukommen sagte Helena. Dann sagte Helena, lass uns in den Stall gehen, ich habe gelacht, ja wir müssen danach baden oder duschen lach, aber egal. Gehen wir an der Küche vorbeigehen und holen Karotten, Äpfel, und trockenes Brot oder Brötchen. Und ein Bund Radieschen. Für die Pferde, fragte Helena? Nein lach für mich, sagte ich. Bunny, ich glaube, ich muss dich fragen, was du gerne isst lach. Helena ich denke, es wäre einfacher zu fragen was ich nicht mag: Das wären Pilze, Rosenkohl, Schwarzwurzeln, Kohlrabi, Senf, Königsberger Klopse mit Kapern, Meerrettich, Zwiebeln, Buttermilch, Dickmilch, Kefir, Hüttenkäse, Camembert, Heringe und Rollmopse.

Ich liebe: Reis, Pasta und Pizza, Nudeln, Kartoffeln, Erbsen, Mais, Bohnen, Paprika, Tomaten, Emmentaler, Gouda, Salami, Schinken, Hackfleisch, Sauerbraten mit Rosinen, Porree und Lauch, Sellerie, Gyros usw. Ja, Bunny du hast recht ich hätte anders herum fragen sollen, sagte Helena lachend.

## KAPITAL SECHS

Wenn wir das Tempel verlassen sind wir in Straßenkleidern da meine Kleidern noch nicht trocken waren habe ich was von den Tempelwächtern bekommen. Wir sind jetzt in den Pferdestall ich war nicht ganz dafür da es nicht lang her war als Angel-Linn geboren war aber die Ärzte haben gesagt, wenn Helena langsam tut geht es schon sie hatte wunderschöne Pferde in Stall, nicht nur die Vollblütern. Helena wollte, das sich die Pferde sich an meine Stimme und meinen Geruch sich gewöhnen. Und ich sollte mich an die Pferde auch gewöhnen. Helena brachte mich zusammen mit einer ihren kleineren Pferden und als ich es berührt hatte habe ich bemerkt, dass es ein dickes Bein hatte und sagte es auch. Der Tierarzt war grade in Stall und würde dazu gerufen. Er stellte fest dass es ein Hufeisennägel in den Huf hatte. Er gab das Pferd ein Spritze und

spülte die Wunde aus dann schnitt er den Hufeisennägel heraus machte die Wunde sauber und
dann machte er ein Verband um den Huf und
das Bein um die Entzündung raus zu ziehen. Helena und ich haben so nach Pferd gerochen, das
wir beiden wieder baden müssen.

ENDE

Über die Autorin:

B. E. Wasner wurde am 30. März 1953 in Frankfurt am Main (DE) als Tochter eines US-Soldaten und einer Krankenschwester geboren. Sie bekam den Namen <u>Berta</u> Edith Schulz. Etwa sechs Monate später zog sie mit ihren Eltern in den USA. B. E. wohnte von 1953-1956 in Connecticut, USA. Von der Ostküste ging es 1956 nach Panama, wo sie 1958 an Gehirnhautentzündung erkrankte. Nach ihrer Krankheit in 1959, ging es nach San Francisco, Kalifornien, USA bis 1960. Dann wohnte sie in der Nähe von Santa Rosa, Kalifornien, USA bis Silvester 1962. Von da ging es bis April 1966 in das hessische Gießen, Deutschland. Zurück in den USA lebte sie wieder in der Nähe von Santa Rosa, Kalifornien,

USA bis sie schließlich im Oktober 1969 nach Frankfurt am Main, Deutschland zurückkehrte bis 1971. Danach hatte sie in einigen Orten gewohnt, bis sie 1975 in die Stadt kam, wo sie bis heute lebt. B. E. hat in 1976 Herrn Wasner geheiratet und nach der Scheidung in den 1980er Jahren behielt sie ihren Namen bei. In den 1980er Jahren nahm sie dann auch die deutsche Staatsbürgerschaft an. Sie ist seit ihrem sechsten Lebensjahr schwer gehbehindert, und sitzt seit ca. 1,5 Jahren fest im Rollstuhl. B. E. spricht Englisch & Deutsch. Sie hat einen altern Kater, ein Maine-Coon & Siam mix.